LOUIS IX
DANS LES FERS,

TRAGÉDIE

EN CINQ ACTES.

PAR M. D*******

AGEN,

IMPRIMERIE DE PROSPER NOUBEL,

Se trouve A PARIS,

Chez { LEDOUX et TENRÉ, Libraires, rue Pierre-Sarrasin, n.° 8.
DELAUNAY, Libraire, au Palais-Royal, galerie de bois.

1818.

PERSONNAGES.

LOUIS IX, Roi de France.

MARGUERITE DE PROVENCE, Reine de France.

ALMODAN, Sultan.

JOINVILLE, SARGINE, BOURBON, MONTFORT, CHATILLON,	Chevaliers français.
OCTAÏ, GEMALEDIN,	Emirs.

CORASMIN, confident d'Octaï.

Plusieurs Chevaliers et plusieurs Mamelucks, personnages muets.

La Scène est à la Massoure, en Égypte, et l'action se passe en 1250.

LOUIS IX DANS LES FERS,

TRAGÉDIE.

ACTE PREMIER.

SCÈNE PREMIÈRE.

OCTAÏ, CORASMIN.

OCTAÏ.

Jusqu'ici les Français, guidés par la victoire,
Ont ravi de nos mains les palmes de la gloire.
Ils ont conquis Damiette, et le Nil consterné
Frémit de voir son cours par leur flotte enchaîné.
Le Caire même, en proie aux plus vives alarmes,
Eût vu tomber ses murs sous l'effort de leurs armes,
Si le comte d'Artois, dans sa bouillante ardeur,
Avoit en vrai héros maîtrisé sa valeur.
Sa mort a trop payé cette fougue imprudente ;
Et depuis ce revers, la fortune inconstante,
Sur nous à pleines mains répandant ses bienfaits,

Porte au plus haut degré l'orgueil de nos succès.
En vain par son courage et sa rare prudence,
Le Roi soutient la gloire et l'honneur de la France;
Calme dans le danger, intrépide au combat,
Le guide infatigable et l'ame du soldat;
Il ne peut résister au torrent qui l'entraîne.
Son armée est perdue, et sa honte est prochaine.
Mais, pour sauver au moins l'honneur du nom français,
Il a fait demander une trève ou la paix.
Le sultan a saisi ce premier avantage.
Fier de voir que Louis honore son courage,
Redoute son pouvoir et respecte sa foi,
Il a fait un traité que j'apporte avec moi.
Une condition le suspend et l'arrête.
Dans la solennité d'une pompeuse fête,
Almodan a voulu que cet heureux traité,
Soumis aux chevaliers, fût par eux accepté;
Et la paix n'aura lieu que leur troupe fidèle
N'en jure sur l'honneur la durée éternelle.
Joinville, Chatillon, Montfort sont dans ces lieux;
Je vais dans un moment paroître devant eux,
Et leur parler de paix pour tromper leur courage.
Soins imprudens et vains! inutile message!
Almodan le confie à ma dextérité,
Mais au fond d'un abime il m'a précipité.

CORASMIN.

Seigneur, à ce discours je ne puis rien comprendre;
Et vos vaines frayeurs ont droit de me surprendre.
Si votre habile voix entraîne les esprits,
La faveur du sultan sera son digne prix;
Et je vois l'ascendant de votre heureux génie
Subjuguer les Français par sa force infinie.
Leur intérêt, leur gloire et la nécessité
Soumettront leur orgueil à votre volonté.

OCTAÏ.

Que tu connois bien mal ces guerriers inflexibles !
A la voix de l'honneur seulement accessibles,
Ils souffriroient l'horreur du plus funeste sort,
Plutôt que de souscrire un si honteux accord.
Et moi, de ce projet artisan mal-habile,
Négociateur foible, ou plutôt inutile,
Je ne recueillerai d'un emploi glorieux,
Que le cordon fatal ou qu'un exil honteux.
Le soudan craint sa garde ; et dans sa méfiance,
Il veut aux mamelucks enlever leur puissance.
Nos dignités, nos biens seront abandonnés
A de jeunes oisifs, à des efféminés,
Qui, n'ayant qu'aux plaisirs signalé leur audace,
Viendront insolemment s'asseoir à notre place.
Le péril est pressant ; le gouffre est sous nos pas,
Et le soleil demain peut voir ces attentats.
Demain, moi le premier, que ce projet regarde,
Je n'aurai plus le droit de commander sa garde.
Il en donne l'honneur au grand Gemaledin :
Ma dépouille est le prix d'un superbe assassin ;
Et nous, qui du soudan environnons le trône,
Nous chargés en tout temps du soin de sa couronne ;
Rebutés, avilis, victimes du plus fort,
Dans l'exil, dans les fers nous attendrons la mort.
Au-dessus du tonnerre élevons notre tête,
Et sur notre oppresseur amassons la tempête.
Je ne m'explique point. Quels que soient mes desseins,
Je sais que pour hâter leurs succès incertains,
Ton bras est toujours prêt ; et que ma confiance
Doit avoir en ton zèle une entière assurance.
Va donc des mamelucks attiser la fureur ;
A de nobles exploits prépare leur valeur ;
Et qu'au premier signal leur troupe généreuse

Seconde de son chef l'audace périlleuse.
Voici Joinville : va ; mais reviens m'assurer
Que des fiers mamelucks je puis tout espérer.

SCÈNE II.

OCTAÏ, JOINVILLE, CHATILLON, MONTFORT, ET D'AUTRES CHEVALIERS.

OCTAÏ.

Illustres Chevaliers, dont la rare vaillance
Par un sublime accord s'allie à la prudence,
De mon maître et du vôtre heureux ambassadeur,
Je vous porte la paix chère autant que l'honneur.
Mais souffrez avant tout que j'admire et contemple
Ces héros de l'Europe et l'honneur et l'exemple,
Guerriers religieux, et qui par mille exploits,
Ont scellé de leur sang leur amour pour leurs Rois.
Vos armes ont par-tout signalé votre gloire,
Et sous vos étendards ont rangé la victoire.
Mais souvent aux succès se mêlent des revers,
Et du jeu des combats les effets sont divers.
Vous avez essuyé ces bisarres caprices.
De vous, de vos soldats les nobles cicatrices
Attestant hautement votre intrépidité,
Sont aussi des témoins de notre fermeté.
Nous osons aujourd'hui résister à vos armes,
Et nos bras dans vos camps ont porté les alarmes.
Le ciel, la terre et l'air, avec nous conjurés,
Nous prêtent contre vous des secours assurés.
Le ciel nous a remis, au défaut de sa foudre,
Un feu que rien n'éteint et qui met tout en poudre.
La terre dans vos camps a lancé de son sein

Un monstre aux dents de fer, la dévorante faim ;
Et l'air s'empoisonnant d'une vapeur funeste,
Dans vos corps calcinés fait circuler la peste.
Où trouver un secours, un terme à tant de maux?
Chaque moment irrite et hâte ces fléaux.
Aujourd'hui votre armée, à la moitié réduite,
Sera dans peu de jours dissipée ou détruite ;
Et le sultan pourroit, sans dangers, sans combats,
Par l'inaction seule épuiser vos soldats.
Mais, de tant de malheurs spectateur magnanime,
Par égard pour le Roi, pour sa vertu sublime,
Il lui donne la paix, et vous a réservé
L'honneur d'être garans et juges du traité.

JOINVILLE.

Ce frivole discours étale en vain l'image
Des fléaux qui sur nous exercent leur ravage ;
Leur excès quel qu'il soit ne peut nous effrayer :
Un triomphe suffit pour le faire oublier.
Le soldat âpre et dur, sur cette plage ardente,
Sait endurer la faim, la chaleur dévorante,
Et brave encor ce feu dont l'infâme inventeur
A fait l'arme du lâche et du dévastateur.
Vous comptez des combats les nombreuses victimes,
Et vous ne comptez pas ces soldats magnanimes,
Qui, debout devant vous et le glaive à la main,
Du Caire sur vos corps vont s'ouvrir le chemin ?
Vous n'apercevez pas sur la mer mugissante
Ces vaisseaux protecteurs, cette flotte puissante
Qui s'avance, qui vole, et déjà dans le port,
Nous verse l'abondance et vous porte la mort ?
Réprimez vos discours....... Nous aimons la franchise.
Dieu, l'honneur et le Roi, voilà notre devise ;
Et sans plus discourir, montrez-nous ce traité,
Superbe avant-coureur de la félicité.

OCTAÏ.

Chevaliers, je vois trop que même sur l'abîme
Le héros reste ferme et lève un front sublime.
L'honneur vous inspiroit. De ses charmes épris,
Je sens à son nom seul s'exalter mes esprits.
Que deux peuples rivaux s'aiment donc et s'unissent,
Et que de leur accord les cités retentissent!
Le soudan vous remet ces florissans états,
Apanage du Temple en nos riches climats.
Le Nil sera commun. De ses rives fécondes,
L'une vous portera le tribut de ses ondes;
Et de Jérusalem, rendue à votre Roi,
Le royaume détruit renaîtra sous sa loi.
Par cet objet qui seul vous met en main les armes,
Le soudan fait cesser la guerre et ses alarmes.
Il accorde à la fois les divers intérêts
Et ne demande rien que Damiette et la paix.

JOINVILLE.

Quoi! vous nous proposez d'abandonner Damiette;
Du Roi victorieux la plus noble conquête?
Ce sacrifice est grand et pèse sur nos cœurs.
Cependant, écarter tous les profanateurs
De la sainte montagne et de la cité sainte;
Rétablir le seul Dieu dans sa divine enceinte,
Sur sa tombe sacrée appaiser son courroux........
Nous ne balançons pas, et Damiette est à vous.

OCTAÏ.

Eh! bien, pendant dix ans, d'une trève sacrée,
Par un garant fidèle, assurez la durée.

JOINVILLE.

J'en donne la parole.

OCTAÏ.

Elle est sûre, et j'y crois.
Mais il faut l'enchaîner par la force des lois.
De sa persévérance accordez-nous un gage.
Le sultan le prescrit et demande un ôtage.

JOINVILLE.

Nous en servirons tous.

OCTAÏ.

J'honore votre rang,
Mais je dois le choisir d'un plus illustre sang.

JOINVILLE.

(Il consulte les chevaliers.)

Nous présentons un prince à votre défiance.
C'est le comte d'Anjou. Son rang et sa naissance
L'élèvent bien plus haut qu'un simple chevalier.
Il est frère du Roi......

OCTAÏ.

Mais notre prisonnier!
A disposer de lui rien ne vous autorise.
Aux ordres du sultan sa personne est soumise.

JOINVILLE.

Qui voulez-vous, enfin? Répondez.

OCTAÏ.

Qui? Le Roi.

JOINVILLE.

Juste Ciel! quel outrage à notre bonne foi!
Ah! nous sommes sans cesse armés pour le défendre;
Pour lui tout notre sang est prêt à se répandre;
Louis est tout pour nous, et le Roi des français
Seroit à l'ennemi livré par ses sujets?
Vous nous le proposez!

OCTAÏ.

Il y consent lui-même.
Lisez et respectez sa volonté suprême.
(Il remet à Joinville une lettre du Roi.)

JOINVILLE.
(Il lit.)

« Chevaliers, de la guerre arrêtant les excès
» Le Sultan nous accorde une trève et la paix.
» Il me veut pour ôtage ; et ma main complaisante
» Auroit déjà signé cette paix bienfaisante,
» Si, Roi, de mes sujets rompant l'engagement,
» J'avois pu les quitter sans leur consentement.
» Vous qui représentez et la France et l'armée,
» Secondez les désirs de mon ame charmée.
» Pour le bonheur commun l'exil me sera doux.
» C'est le devoir du Roi de s'immoler pour tous.
» Epoux et père encor j'appartiens à la Reine.
» Consultez-la. De moi maîtresse souveraine,
» Puis-je sans son aveu relâcher le lien
» Qui joignit à jamais son cœur avec le mien ?
» Faites que son désir au mien se réunisse.
» LOUIS. »
Non, il n'aura pas lieu cet affreux sacrifice !
Chevaliers, je vois bien que sans délibérer,
Sans parler à la Reine et sans plus différer,
Un refus absolu servira de réponse
A l'insultante paix que ce message annonce.
Octaï, retournez vers votre souverain.
Que sa troupe au combat soit prête pour demain.
J'espère faire voir à son orgueil extrême
Ce que peut notre amour pour un Roi qui nous aime.

OCTAÏ.

J'admire tant de zèle, et chéris tant d'amour.
Mais ce zèle est aveugle et peut-être qu'un jour......

JOINVILLE.

C'est trop long-temps souffrir d'une demande impie ;
Retirez-vous, l'honneur est plus cher que la vie.
(Octaï sort.)
Vous, Montfort, à la Reine apportez cet écrit.
Ménagez à la fois son cœur et son esprit ;
Et que de nos refus sa tendresse informée
Sur le destin du Roi ne soit point alarmée.

SCÈNE III.

JOINVILLE, CHATILLON ET LES AUTRES CHEVALIERS.

JOINVILLE.

Chevaliers, je connois à vos nobles transports
Combien vous avez fait de pénibles efforts
Pour contenir l'élan de votre ame indignée.
Publions les motifs de la paix dédaignée,
Et soudain le soldat enflammé de courroux
Va reprendre à grands cris les armes avant nous.
Le Roi, depuis trois jours, sans pain, sans nourriture,
Pour soulager la faim du soldat qui l'endure,
Ne pouvant opposer au fer de l'ennemi
Que des corps languissans et vaincus à demi,
A suivi les conseils de l'amour qui l'anime,
Et pour sauver l'armée il se fait sa victime.
Partons, braves amis, allons le secourir.
Quarante chevaliers pour lui prêts à mourir,
Aux soldats enchantés de nous voir à leur tête
Rendront cette fierté qui brave la tempête.

SCÈNE IV.

LA REINE, JOINVILLE, CHATILLON, SARGINE ET D'AUTRES CHEVALIERS.

LA REINE.

Quel horrible dessein! juste Ciel! j'en frémis.
Le Roi veut se livrer aux mains des ennemis!
L'exil ni la prison, ses enfans ni sa femme
Ne peuvent arrêter les transports de son ame;
Et mon époux privé de mes tendres secours
D'une longue amertume abreuveroit ses jours!

JOINVILLE.

Madame, nos refus ont prévenu les vôtres.
Vos vœux nous sont communs; vos plaintes sont les nôtres.
Le Roi ne peut jamais se séparer de nous,
Et nos armes sauront conserver votre époux.
Nous volons au combat. Vous, pendant le carnage,
Restez, Madame, ici sous la garde d'un sage.
Sargine, l'œil ouvert sur le moindre danger,
En fuyant, s'il le faut, saura vous protéger,
Et par un prompt secours couvrant votre retraite
Assurera vos pas jusqu'aux murs de Damiette.

SCÈNE V.

LA REINE, SARGINE, GARDES.

LA REINE.

Que ce projet du Roi m'a causé de terreur!
Il eût pris sur lui seul tout le poids du malheur.

SARGINE.

Tel est le sentiment de son cœur magnanime;
L'intérêt de l'armée est le seul qui l'anime.

LA REINE.

Ma tendresse inquiète auroit dû l'avertir
Qu'à vivre loin de lui je ne puis consentir.
Ah! pour l'accompagner sur ces lointains rivages,
D'une mer en courroux j'ai bravé les orages;
J'ai quitté de Paris le fortuné séjour
Pour le suivre, le voir, lui parler chaque jour:
Et seule maintenant, tremblante et désolée,
Loin de mon bien-aimé je vivrois exilée!
Sans entendre sa voix consoler mes douleurs!
Sans que jamais sa main vint essuyer mes pleurs!
Ah! dans l'accablement que cause la tristesse
Un seul de ses regards soutiendroit ma foiblesse!
Sargine, la terreur s'empare de mes sens;
Contre les sarrasins vos bras sont impuissans.
De ce palais antique ils vont briser la porte.
Le nombre nous accable et la force l'emporte.

SARGINE.

Rassurez-vous, Madame; un fidèle rapport
Du combat, quel qu'il soit, doit m'apprendre le sort.

LA REINE.

Le Roi va succomber. Ses forces sont éteintes.
D'un mal contagieux il ressent les atteintes.

SARGINE.

Eh! qui peut mettre un frein à sa haute vertu?
Son cœur par le danger n'est jamais abattu.

LA REINE.

Il pourroit du Sultan essuyer la colère.

SARGINE.

L'armée avant ce coup périra tout entière.

LA REINE.

Almodan ne sait pas maîtriser sa fureur.

SARGINE.

Dans l'excès des plaisirs il place le bonheur.

LA REINE.

Par un doux hyménée une heureuse sultane
N'enchaîne pas son cœur qu'un vil amour profane ?

SARGINE.

Mille femmes pour lui déployant leur beauté
Lui prodiguent l'amour à prix d'or acheté.

LA REINE.
(A part.)

Malheureuse ! le sort à nos armes contraire
Peut me faire tomber en ses mains prisonnière !
(Haut.)
Sargine, écoutez-moi. Je tombe à vos genoux.

SARGINE.

Que faites-vous, Madame ; et que me voulez-vous ?

LA REINE.

Votre Reine à vos pieds, désolée et tremblante,
Ne rougit pas de prendre une voix suppliante.

SARGINE.

Levez-vous. Vos désirs seront tous exaucés.

LA REINE.

Non, non ; je tiens encor vos genoux embrassés.
Jurez au nom du Dieu que le chrétien adore
D'accorder à ma voix la grâce que j'implore.

SARGINE.

Je jure par le Dieu de la terre et des cieux
D'obéir à la Reine et de combler ses vœux.
Si je n'accomplis pas cette sainte promesse
Tombe sur moi du Ciel la foudre vengeresse!

LA REINE.
(Elle se relève.)

Eh! bien; si nous cédons au fer des Sarrasins,
S'il n'est aucun moyen d'échapper à leurs mains,
Et si la liberté doit m'être enfin ravie
D'un coup de ce poignard vous trancherez ma vie.
(Elle lui remet un poignard.)

SARGINE.

Madame, j'y pensois.

SCÈNE VI.

LA REINE, SARGINE, MONTFORT, GARDES.

MONTFORT.

Un refus mérité
A du Sultan, Madame, offensé la fierté.
L'attaque est ordonnée et la trève est rompue.
Le Roi qui du combat semble craindre l'issue
Vous prévient qu'il est temps de quitter ces remparts,
Et d'aller à Damiette éviter les hasards.

LA REINE.

Partons, brave Sargine, et trompons par la fuite
D'un vainqueur insolent l'attaque et la poursuite.
Je ne peux affronter le danger des combats.
Mais mon courage au moins ne s'affoiblira pas.
Si j'évite la mort, je la fuis sans la craindre,
Et je la recevrois sans trembler ni me plaindre.

FIN DU PREMIER ACTE.

ACTE II.

SCÈNE PREMIÈRE.

ALMODAN, CORASMIN, SUITE DU SULTAN.

ALMODAN.

Que des chants de triomphe et de brillans concerts
Annoncent ma victoire et remplissent les airs!
Publiez en mon nom des fêtes solennelles!
Jamais sujets plus grands, ni conquêtes plus belles!
Ces superbes français qui devoient sous leurs piés
Fouler de mes soldats les fronts humiliés;
Leurs bataillons de fer, leur invincible armée,
Ont été plus légers que l'air et la fumée.
J'espérois que la Reine arrêtée en ces lieux
Auroit comblé l'honneur de ce jour glorieux.
Par quel enchantement, sous l'appui de quel guide
S'est-elle dérobée à ma course rapide?

CORASMIN.

Une élite, Seigneur, des plus braves soldats
Vers Damiette à la hâte a dirigé ses pas,
Et depuis quelques jours sa fuite préparée
La rendoit plus facile et l'avoit assurée.

ALMODAN.

Des soins plus vigilans l'auroient dû prévenir.
Je sens qu'il est ici des traitres à punir,
Et que de quelque chef la criminelle audace
Par un terrible éclat causera sa disgrâce.

CORASMIN

CORASMIN.

Eh! Seigneur, se peut-il qu'un futile soupçon
En un jour si brillant trouble votre raison?
Les lauriers de la gloire ombragent votre tête,
Et l'Europe à vos pieds frémit de sa défaite.

ALMODAN.

Conduisez donc ici ces fameux chevaliers
Et ce Roi qui devoit cueillir tant de lauriers,
Misérables debris échappés au carnage,
Dont l'opprobre et les fers deviennent le partage:
Ce palais qu'à leur gloire ils avoient réservé
Sera le monument à leur honte elevé:
Mais je vois que déjà remplissant mon attente
On mène de captifs une troupe tremblante.
Tandis qu'ils pousseront d'inutiles soupirs,
Nos cœurs s'enivreront de joie et de plaisirs,
Et du plus pur encens parfumant la mosquée
Nous bénirons du Ciel la faveur invoquée.

SCÈNE II.

GEMALEDIN, MONTFORT, PLUSIEURS CHEVALIERS DÉSARMÉS.

GEMALEDIN.

Ainsi, fiers chevaliers, cette intrépidité
Ce courage bouillant, si grand et si vanté,
Tant de hautes vertus se sont évanouies,
Ont fait place à la crainte, ou se sont démenties!
Vos orgueilleux projets aujourd'hui confondus
Font voir votre impuissance, et vous êtes vaincus.
Vous vivrez quelques jours, si l'on vous fait la grâce
De faire par les fers expier votre audace.

MONTFORT.

Cessez de vains discours. Un généreux vainqueur
Doit honneur aux vaincus, et respect au malheur.
N'est-ce donc pas pour vous une assez grande gloire
D'avoir sur les français remporté la victoire?
Ne la dégradez point par d'insultans discours.

GÉMALEDIN.

Cet exemple à vos yeux reproduit tous les jours
Vous apprendra sans doute à ne rien entreprendre
Sans prévoir quelle fin vous devez en attendre.
Votre courage aveugle et vain dans ses projets
Ne soutient pas l'honneur de vos premiers succès.
Je vous laisse gémir sur votre sort funeste
Et je vais des vaincus ramasser ce qui reste.

SCÈNE III.

MONTFORT ET LES CHEVALIERS PRÉCÉDENS.

MONTFORT.

Le barbare nous brave et peut en un moment
De l'injure aux excès passer impunément.
Mais le plus grand malheur n'est pas notre infortune
Ni de nos oppresseurs l'insolence importune.
Que deviendra la Reine en cette extrémité?
Sargine seroit-il dans sa fuite arrêté?
A-t-il pu parvenir dans un fidèle asile?
Qu'est devenu le Roi? Sa valeur inutile
Au milieu des soldats, par le nombre accablés,
Etonnoit, je l'ai vu, les sarrasins troublés;
Et pareil au lion affamé de carnage
Parmi les traits, les feux il s'ouvroit un passage;

Et moi, d'un fer tranchant sur la terre étendu,
Au fort de la mêlée enfin je l'ai perdu.

SCÈNE IV.

CHATILLON, MONTFORT, LES CHEVALIERS PRÉCÉDENS ET D'AUTRES QUI ARRIVENT AVEC CHATILLON.

CHATILLON.

C'en est fait, chevaliers! Le Ciel impitoyable
Nous écrase du poids de son bras implacable.
Nos héros ne sont plus. Breteuil, Montmorenci,
Noailles, Mauvoisin, et Beaumont et Couci:
Le glaive a tout détruit. La flamme irrésistible
Oppose à nos efforts son pouvoir invincible.
Les soldats, les chevaux percés de mille coups
Dans les feux étouffés expirent en courroux.
A la fureur du fer la flamme est réunie
Et le champ du carnage est un vaste incendie.
Le Roi sur des monceaux de morts et de mourans
Combat environné de ces feux dévorans.
Leur violence croît sans ébranler son ame,
Et peut-être son corps est en proie à la flamme.

MONTFORT.

Mon Dieu! dans ces climats amenés par la foi
Sous les yeux de Louis nous combattions pour toi.
De tes adorateurs il est le vrai modèle.
Ne permets pas, mon Dieu, qu'un prince si fidèle
Devienne le jouet de tes vils ennemis
Et de ton culte saint cause ainsi le mépris!
Conserve son épouse, et lui servant de guide
Protège sa vertu sous ta puissante égide!

CHATILLON.

Ah! Dieu vient de frapper le coup le plus affreux!
Je vois le Roi captif qu'on amène en ces lieux.
Il est des sarrasins la superbe conquête,
Et les glaives sanglans sont levés sur sa tête.

SCÈNE V.

LE ROI, JOINVILLE, MONTFORT, CHATILLON, GEMALEDIN. TROUPE DE CHEVALIERS ET DE SARRASINS.

LE ROI.

(A Gémaledin.)

Où me conduisez-vous? Quel pouvoir, quelle loi
Veulent que dans les fers on avilisse un roi?
Ignorez-vous mon rang; et combien ma naissance
Entre le peuple et moi prescrit de différence?

GEMALEDIN.

Tu pouvois sur le trône étaler cet orgueil.
Mais de ta vanité ta défaite est l'écueil.
Tu viens de commander et de combattre en brave;
Maintenant...... tu n'es plus qu'un esclave.

LE ROI.

Un esclave!
Je suis ton prisonnier, et je suis toujours roi;
Ce caractère auguste est partout avec moi.
Rends-moi donc les honneurs que ce titre réclame!
L'esclavage, les fers, l'un et l'autre est infâme.
Roi des français, en roi je veux être traité
Et par mes vainqueurs même être ici respecté.

GEMALEDIN.

Respecter un captif! pour roi le reconnoître

Quand de lui le vainqueur peut disposer en maître !
Ta demande est frivole et tes cris superflus
Le fer a décidé : je ne te connois plus.

LE ROI.

Pour moi, je reconnois l'être foible et barbare
Qu'a comblé de ses dons la fortune bisarre ;
Et qui de son pouvoir dont il est enivré
Abuse d'autant plus qu'il l'a moins espéré.

GEMALEDIN.

Ma conduite envers toi n'altère point ma gloire,
Et *malheur aux vaincus* est un chant de victoire.

LE ROI.

Non, non, ce mot vulgaire est un cri mensonger
Que votre barbarie a voulu propager.

GEMALEDIN.

Quoi ! tu peux, au combat, d'innombrables blessures
Faire aux corps mutilés endurer les tortures,
T'assouvir de carnage, et même de mon sang
Epuiser goutte à goutte et dessécher mon flanc ;
Et lorsque ma valeur te poursuit et t'arrête,
Quand un geste, à mes pieds, feroit tomber ta tête,
Je ne puis me permettre avec tranquillité
Ce que tu permettois à ta férocité ?

LE ROI.

Non, te dis-je. Immoler celui qui veut ma vie
Est un droit que l'attaque accorde et justifie.
Mais s'il est désarmé, c'est être un assassin
De plonger, sans péril, le poignard dans son sein.
Si tu n'embrasses point ces maximes célestes,
Porte ailleurs ton caprice et tes desseins funestes ;
Va trouver le Sultan, et dis-lui qu'aujourd'hui

Le Roi veut lui parler et traiter avec lui.
Laisse moi.

SCÈNE VI.

LE ROI, JOINVILLE, CHATILLON, MONTFORT ET LES AUTRES CHEVALIERS.

LE ROI.

Bénissons le Dieu qui nous rassemble :
Nos fers sont plus légers ; nous les portons ensemble.
Adorons sa bonté même dans son courroux.
Joinville, en ce grand jour, je suis content de vous.
Vous avez immolé ce colosse effroyable
Lorsqu'il levoit sur moi sa hache formidable.
Le génie et l'honneur signalent votre nom.
Je suis content de vous, fidèle Chatillon.
Vous avez mieux aimé déchirer l'oriflamme
Que de la voir tomber dans les mains d'un infâme.
Et vous, mes compagnons, hélas! trop malheureux !
Je suis content de tous malgré mon sort affreux.
Votre valeur a fait tout ce que peut l'audace
Quand la foudre en éclats s'embrâse dans l'espace.

JOINVILLE.

Ah! Sire, de soi-même aucun n'est satisfait.
Vous louez des efforts qui n'ont point eu d'effet.
De quelque vain éclat notre valeur s'honore.
Mais vous êtes aux fers, et nous vivons encore!

LE ROI.

L'homme épure sa vie au creuset du malheur ;
Et les meilleurs des jours sont ceux de la douleur.
Mais par d'autres chagrins mon ame est abattue.

La Reine ? juste Ciel ! qu'est-elle devenue ?
Amis, ne pouvez-vous m'instruire sur son sort,
Et si je dois pleurer, ou souhaiter sa mort ?
(Tous les Chevaliers gardent le silence.)
Vous ne répondez pas, et vous versez des larmes !
Ah ! pourrai-je suffire à ces vives alarmes ?
De mon épouse, ô Ciel ! le front déshonoré
Aux horreurs d'un sérail pourroit être livré !

JOINVILLE.

Sargine avec sa troupe assure sa retraite,
Et du moindre danger doit garantir sa tête.

LE ROI.

O ! mon Dieu ! je t'adore et n'espère qu'en toi.
Non, tu ne voudras point le déshonneur du Roi ;
Et pour mettre le comble au malheur qui m'opprime
Jamais ta sainteté ne peut permettre un crime.......
(Après un moment de recueillement.)
La Reine, croyez-moi, ne court aucun danger.
La main qui la conduit a su la protéger.
Venez tous près de moi. Réunis d'infortune
Nous avons pour palais une prison commune ;
L'air infect pour soutien ; pour couche des roseaux,
Et dans la même coupe il faut puiser nos maux.
D'une triste prison l'horreur nous environne.
Hélas ! j'étois assis hier même sur un trône !
Oublions ce vain faste, et pour charmer mon cœur
Contez-moi vos exploits dans ce jour de malheur.
Joinville, à nos neveux ce récit pourra plaire,
Et faire encor couler quelque larme sincère.

JOINVILLE.

Sire, à travers les traits et ce feu dévorant
Qui dans l'onde s'anime et devient plus ardent ;

Je m'étois élancé sur la troupe invincible
Dont la rage.......

SCÈNE VII.

LE ROI, JOINVILLE, CHATILLON, MONTFORT ET LES AUTRES CHEVALIERS, GEMALEDIN ET SA SUITE.

GEMALEDIN.

A ton sort, à ton malheur sensible
Le Sultan s'est laissé conduire à la pitié,
Et grand et triomphant t'offre son amitié.

LE ROI.

Pourquoi ne vient-il pas me le dire lui-même ?

GEMALEDIN.

Le désir de te voir est son désir extrême.
Mais il veut s'assurer si tu veux en ce jour
Payer son amitié d'un fidèle retour.

LE ROI.

Un cœur noble et sincère a pour moi mille charmes.

GEMALEDIN.

Tu sais combien la guerre a fait couler de larmes,
Et que le sang de l'homme en tous lieux répandu
Est de sa barbarie un témoin assidu.
Il ne tiendroit qu'à toi d'arrêter tant de crimes
En essayant l'effet de plus douces maximes.
Le Sultan de tes biens n'a rien à demander.
La victoire a pris soin de lui tout accorder.
Avec toi seulement il voudroit vivre en frère,
Et que votre union fût constante et sincère.

Mais son culte s'éloigne et diffère du tien,
Et nul être à nos yeux n'est plus vil qu'un chrétien.
Votre religion prèche l'intolérance.
La nôtre se rattache à la divine essence
Qui dans le même sein reçoit tous ses enfans,
De nations, de lois, et de mœurs différens.
Si tu voulois goûter la douceur infinie
De ce culte sacré..........

LE ROI.

N'achève pas, impie!
Et ne t'applique point à me faire abjurer
Une religion qu'on doit seule honorer.
Ah! je ne suis sorti du sein de ma patrie,
Je n'ai quitté les bras d'une mère chérie,
Traversé tant d'écueils, parcouru tant d'Etats;
Je n'ai, dans ce pays, livré tant de combats
Que pour changer des cœurs, aux lois de Dieu rebelles,
En vrais adorateurs, en serviteurs fidèles.
Et cependant, grand Dieu! c'est à moi-même, au Roi
Qu'on ose proposer d'abandonner sa foi!
Va, tu me fais horreur. Ton discours téméraire
Et ton blasphême affreux irritent ma colère!

GEMALEDIN.

Tes soldats égarés par des dogmes trompeurs
Abjurent, tous les jours, leurs funestes erreurs.

LE ROI.

Je ne le sais que trop. Des tortures infâmes
En écrasant le corps violentent les ames.
Mais ne te flatte pas qu'à ta religion
Vos discours, vos tourmens aient soumis leur raison.
La foi qui fait la base et l'appui de la mienne
Demeure inébranlable en une ame chrétienne.

GEMALEDIN.

Crois-moi, sois moins farouche et souscris le traité.
Il y va de ta gloire et de ta liberté.
Dans un cachot profond on te fera descendre,
Et la mort semblera se lasser de t'attendre.

LE ROI.

Ces jours, pour un chrétien, ces momens seront courts.
La divine espérance abrégera leur cours.

GEMALEDIN.

Intraitable chrétien! il y va de ta vie.
La vengeance t'attend de la fureur suivie.
De ton cachot obscur, tous les ans retiré,
A l'insulte, au mépris tu te verras livré.
Le peuple assouvira les transports de sa rage,
Et mettra son plaisir à te verser l'outrage.
Enfin viendra le jour terrible et désastreux
Où le front abaissé, la mort devant les yeux,
Tu seras d'un bourreau la victime sanglante.
D'une masse de fer armant sa main brûlante
Il fera de tes chairs tomber d'affreux lambeaux,
Et de ton foible corps brisera tous les os.

LE ROI.

Que dis-tu? malheureux! peux-tu blesser mon âme
Jusqu'à me menacer de ce supplice infâme?
Va, ta coupable audace est une indignité,
Et je ne vois en toi qu'orgueil et lâcheté.
D'un esclave avili tu n'as que la bassesse,
Et du Sultan trompé tu flétris la noblesse.
Il doit désavouer un ministre orgueilleux
Qui trahit son message et le rend odieux.

GEMALEDIN.

Pour la dernière fois je vous le dis encore:

Vous, chevaliers, et toi qu'un vain titre décore,
Embrassez l'alcoran ou craignez votre sort.

LE ROI.

Périsse Mahomet !

GEMALEDIN.

(Il lève son sabre et fait signe aux gardes qui le lèvent aussi.)

A la mort !

LE ROI ET TOUS LES CHEVALIERS.

A la mort !

FIN DU SECOND ACTE.

ACTE III.

SCÈNE PREMIÈRE.

OCTAÏ.

Quels supplices affreux! Ah! mon ame éperdue
N'a pu qu'avec horreur en supporter la vue!
L'être le plus barbare en seroit attendri,
Et le nom musulman doit en être flétri.
Trois échappent à peine à la hache sanglante;
Et Joinville est encor si rempli d'épouvante
Qu'il croit toujours présent le danger qu'il a craint,
Et que de sa raison le flambeau s'est éteint.
On l'amène en ces lieux, et le sort qui l'accable
De moment en moment devient plus déplorable.
Malheureux! que ton sang puisse enfin se calmer,
Et ta foible raison luire et se ranimer!

SCÈNE II.

JOINVILLE, OCTAÏ, CORASMIN.

JOINVILLE.

Quel être généreux à mon sort s'intéresse?
Quelle main me conduit et soutient ma foiblesse?
Je sens le poids des fers qui surchargent mes bras;
J'en vois la triste empreinte et ne les trouve pas.

Veillé-je ? est-il bien vrai que je respire encore
Et que le Ciel s'appaise à ma voix qui l'implore ?
Le trouble a dérangé mes esprits éperdus,
Et la terreur encor tient mes sens suspendus.

OCTAÏ.

Ah ! revenez à vous, infortuné Joinville !
Oui, vous voyez le jour sous un ciel plus tranquille.
Le calme de vos sens par le malheur aigris
Dissipera l'erreur de vos foibles esprits.

JOINVILLE.

Le voilà donc dressé cet échafaud barbare,
Qu'à mon maître, à mon Roi l'iniquité prépare !
Le peuple est assemblé, conduit par la terreur,
Et sa voix étouffée est muette d'horreur.
J'entends la hache seule au front des misérables
Frapper incessamment des coups épouvantables.
D'Aumont en est atteint ; Chatillon et Montfort
Sont jetés dans l'abîme où triomphe la mort.

OCTAÏ.

Quoi ! votre œil égaré voit encor des supplices ?
L'enfer est assouvi de tant de sacrifices.

JOINVILLE.

Cruel Gemaledin ! tu t'enivres de sang,
Et tu mettrois ta joie à nous ouvrir le flanc.
Tu donnes le signal, et, secondant ton crime,
Chaque geste à tes pieds terrasse une victime.
En est-ce assez, cruel ! pour fléchir ton courroux ?
Le trentième holocauste est offert à tes coups.
Et vous, Sire, témoin de ce spectacle horrible,
Verrez-vous jusqu'au bout cette scène terrible ?
Cruels ! épargnez-lui ces tableaux odieux ;
Ils déchirent son ame et tourmentent ses yeux.

Ah! sa sérénité montre votre injustice.
Laissez-moi, par pitié, soulager son supplice.
Que, placé devant lui pour cacher sa douleur,
Mon corps à ses regards cache votre fureur!

OCTAÏ.

Que faites-vous? Hélas! Joinville!

JOINVILLE.

L'on m'appelle!
Mon tour est arrivé. Je m'y rends avec zèle.
Ah! je vais donc mourir pour la cause de Dieu,
Et dire à ma patrie un éternel adieu!
Tigres, me voilà prêt. Vos haches, vos tortures
N'arracheront de moi ni plaintes ni parjures.
Mon corps entre vos mains attend le coup mortel;
Mais mon ame va vivre au sein de l'Éternel.
Il en est temps, frappez..... C'en est fait, je succombe.
(Il tombe évanoui.)

OCTAÏ.

Hélas! hors d'un danger, dans quel autre il retombe!
Malheureux! recevez mes soins compatissans;
Et que ma voix réveille et ranime vos sens!
Lorsque de vos périls la cause est dissipée,
Faut-il que la terreur dont votre ame est frappée
Produise encor en vous ces grands ébranlemens,
Qui d'un malheur réel égalent les tourmens?
L'air pur va ranimer votre ame évanouie;
Reconnoissez ma voix.

JOINVILLE.

Ah! je reprends la vie!
Le repos a calmé mes transports douloureux,
Et le jour bienfaisant se glisse dans mes yeux.
Où suis-je? est-ce la main du tyran que j'abhorre?
Cruel Gemaledin, tu me poursuis encore?

OCTAÏ.

Vous êtes dans l'erreur : c'est celle d'un ami.

JOINVILLE.

O! jour! ô! douce voix! C'est donc vous, Octaï?
Vous, mon libérateur, mon ange tutélaire,
Des monstres de l'enfer intrépide adversaire!
Parmi tant d'assassins, de tigres en fureur,
Il étoit donc un être à qui Dieu fit un cœur?

OCTAÏ.

Que vous avez souffert pendant tout le carnage!

JOINVILLE.

Les chevaliers sont morts avec tant de courage!
Le Roi, debout près d'eux et de leur sang souillé,
De tous ses ornemens sans pudeur dépouillé,
Montroit une si ferme et si noble assurance,
Que même ses bourreaux trembloient en sa présence.
Du sang qui ruisseloit je détournois ses yeux;
Je déplorois son sort; il regardoit les cieux,
Et, me tenant pressé sur son cœur magnanime,
Avec moi vers le ciel il s'offroit en victime.
Qu'avez-vous fait de lui?

OCTAÏ.

Son front humilié
A des cœurs les plus durs excité la pitié,
Et l'indignation succédant à sa place,
J'exhorte mes soldats à demander sa grâce.
Ce cri libérateur, à l'envi répété,
Sert d'encouragement au peuple révolté;
Et soudain l'échafaud roule dans la poussière;
On brise en mille éclats la hache meurtrière;
La menace de mort poursuit Gemaledin,
Et le lâche éperdu fuit tel qu'un assassin.

Je m'empare du Roi dans ce désordre extrême ;
Ma troupe l'environne et vous conduit vous-même
Comme un digne soutien, un allié du Roi,
Et Louis dans ces murs est remis à ma foi.

JOINVILLE.

Eh! que ne laissiez-vous achever mon supplice?
J'étois prêt à la mort, et ce grand sacrifice
Auroit en un moment terminé tant de maux.

OCTAÏ.

Vous jouirez bientôt du fruit de vos travaux.
J'entends du bruit, je vois le sultan qui s'avance ;
Allez près de Louis éviter sa présence.

SCÈNE III.

ALMODAN, OCTAÏ, GEMALEDIN. SUITE DU SULTAN.

ALMODAN.

Gemaledin, le coup que vous avez porté
Donne un appui solide à mon autorité.
Il est épouvantable et fait frémir sans doute ;
Mais je veux qu'on me craigne et que l'on me redoute.
La douceur affoiblit le prince trop prudent,
Et le souverain foible est bientôt dépendant.

GEMALEDIN.

Seigneur, envers le Roi signalant son audace,
Tout le peuple à grands cris a demandé sa grâce.
J'ai cru devoir céder à ce hardi transport,
Et j'ai fait arrêter la hache de la mort.

ALMODAN.

J'approuve en sa faveur cette heureuse indulgence.

Le sang des chevaliers suffit à ma vengeance.
Louis a noblement affronté les hasards,
Et son titre de Roi méritoit des égards.
(A Octaï.)
Vous, aux créneaux des murs qu'illustrent mes conquêtes,
De ces chevaliers morts vous suspendrez les têtes.
Ma vengeance instruira le peuple à m'obéir,
L'étranger à me craindre, et le traître à frémir.
Vous avez vu ce Roi qu'on dit simple et modeste,
A qui l'ambition est pourtant si funeste.
On dit que dans les fers son air majestueux
Fait baisser devant lui les fronts respectueux;
Qu'à ses gardes tremblans sa grandeur en impose,
Et que de leur service il ordonne et dispose.
Quel est donc ce chrétien qui, quoique humilié,
Commande le respect et non pas la pitié?

OCTAÏ.

Seigneur, dans ses discours, le Roi, plein de sagesse,
Supporte ses revers avec tant de noblesse,
Que son air, son langage inspirent tour-à-tour
Le respect, la franchise, et la crainte et l'amour.

ALMODAN.

Pourroit-il m'imputer le malheur qui l'opprime?
Je n'ai point abusé d'un droit illégitime.
Mais je sens que sa mort eût flétri mes lauriers;
Et les droits de l'honneur sont toujours les premiers.
Gemaledin armé de mon pouvoir suprême,
A bien fait d'arrêter une vengeance extrême;
Mes grâces, mes faveurs le suivront tous les jours,
Et de sa vie heureuse embelliront le cours.
Vous, dont l'âge a mûri l'esprit et la prudence,
Accordez ma grandeur avec ma bienfaisance.
Approchez de Louis, et, plaignant son malheur,

Dites-lui que j'irai consoler sa douleur.
Une juste rançon rachetera sa vie,
Et de sa liberté sera bientôt suivie.
Ce prince, que la guerre avoit fait mon rival,
Quoiqu'il soit dans mes fers, n'est pas moins mon égal.

SCÈNE IV.

OCTAÏ.

Voilà le noble emploi dont ta grâce m'honore,
Et le titre éclatant dont elle me décore!
Je dois des chevaliers mutilés et sanglans,
Attacher à nos murs les restes palpitans;
Me revêtir du nom d'oppresseur implacable,
Traiter Gemaledin comme un dieu secourable;
Et par ce changement convertir sans pudeur
L'assassin de Louis en son libérateur.
Ainsi, témoin muet de sa gloire importune,
Je le verrai comblé d'honneurs et de fortune,
Et de ma propre gloire usurpateur heureux,
Etaler sa grandeur et son faste à mes yeux!
Ah! ce n'est pas ainsi que règne la justice.
Si je suis sans pouvoir il faut que je périsse;
Et je mettrai pourtant ma tête à trop haut prix,
Pour ne pas m'exposer à souffrir des mépris.

SCÈNE V.

OCTAÏ, CORASMIN, PLUSIEURS MAMELUCKS.

CORASMIN.

Emir, j'ai vu les chefs d'une troupe fidèle,
Impatiente et prête à te montrer son zèle.

Des rigueurs du sultan dès long-temps indignés,
Ils frémissent sur-tout de se voir dédaignés.
Prompts à te seconder comme à tout entreprendre,
Ils réclament ton ordre et craignent de l'attendre.

OCTAÏ.

C'en est assez. Ce fer que tient encor ma main
Va frapper le sultan, va déchirer son sein !
J'ai prévu le moment, choisi le lieu propice
Où doit s'exécuter ce sanglant sacrifice.
Lorsque de la mosquée et du parvis sacré,
Ce soir, il sortira, de ta troupe entouré,
Et que, vers le sérail dirigeant son escorte,
Du palais que je garde il franchira la porte;
Tout-à-coup devant lui de légers embarras,
Préparés par mes soins, arrêteront ses pas;
Et ce fer aussitôt, fidèle à ma furie,
De son sein criminel arrachera la vie.
Toi, sur Gemaledin porte toujours les yeux,
Et frappe sans pitié ce monstre audacieux.
Ce dessein a besoin de zèle et de prudence.
Couvres-en le secret de la nuit du silence.
Excite du soldat l'esprit et la fureur;
Qu'à servir en aveugle il mette son honneur;
Et, sachant à propos et parler et te taire,
Que le lieu, le moment soient pour tous un mystère.
Sois calme, et du succès te reposant sur moi,
Comme en un jour de paix va remplir ton emploi.
Mais fais venir Louis. Sa longue patience
Doit en notre secours trouver sa récompense.
(Coraïmin sort.)
Son approche me trouble et semble m'accabler;
Je désire à la fois et crains de lui parler.
Ah! sa religion ne s'est pas démentie;
Et son cœur n'a jamais méconnu sa patrie!

SCÈNE VI.

LE ROI, OCTAÏ.

LE ROI.

Suis-je encore appelé par de vils assassins ?
Et dois-je être témoin du martyre des saints ?

OCTAÏ.

Sire, je sens trop bien que d'un pouvoir coupable
On a fait contre vous un abus déplorable.
Que n'ai-je pu, bravant un criminel courroux
Au prix de tout mon sang, en détourner les coups ?

LE ROI.

Vous seul dans ce séjour de crimes et d'alarmes,
Sur ma triste infortune avez versé des larmes.

OCTAÏ.

Eh! comment ne pas plaindre un Roi si malheureux,
Et ne pas compatir à son sort rigoureux ?
De tout ce qu'elle aimoit votre ame est séparée :
D'une mère, d'un fils, d'une épouse adorée......

LE ROI.

D'une épouse? O! douleur! Ah! qui que vous soyez,
Puisque je vois vos yeux de vos larmes noyés,
N'allez pas de mes maux aigrir la violence,
En trompant lâchement ma simple confiance.
Prenez-y garde, hélas! Tromper un malheureux,
Un prisonnier en proie au sort le plus affreux;
Qui ne peut voir sans vous, et sans vous rien apprendre,
Seroit un crime atroce, impossible à comprendre.
Mais vous êtes sincère, et mon cœur combattu,

Sans crainte et sans détour, croit à votre vertu.
Vous avez prononcé le nom de mon épouse.
Ah! par tout ce que l'homme et chérit et jalouse ;
(Puisqu'au nom du vrai Dieu que vous méconnoissez,
Mes désirs vainement vous seroient adressés,)
Répondez-moi. La reine est-elle prisonnière ?
Parlez....... Quelle raison vous oblige à vous taire?.....
Ce silence obstiné m'apprend-il mes malheurs ?

OCTAÏ.

Non, Sire, ce n'est point la cause de mes pleurs.
Je ne suis point instruit du destin de la Reine.
Mais je sais que mon Roi, dont l'odieuse chaine.......

LE ROI.

Votre Roi ?

OCTAÏ.

Je me jette à vos sacrés genoux,
Et mon cœur désolé se brise devant vous.
Je suis Français !

LE ROI.

O ciel !

OCTAÏ.

Paris est ma patrie,
Et je perdis ma mère en entrant à la vie.
Que n'ai-je aussi péri, le jour, le même jour
Qui conduisit mes pas dans cet affreux séjour !

LE ROI.

Grand Dieu !

OCTAÏ.

C'étoit le temps où l'Europe abusée
D'une divine ardeur, d'un saint zèle embrasée,

S'élançoit dans l'Asie, enfans, femmes, vieillards,
Et de Jérusalem recherchoit les remparts.
Dix ans avoient suivi le jour de ma naissance.
Dans la sainte milice on plaça mon enfance;
Avec nos légions je quitte mon pays,
Et nous campons bientôt devant Ptolémaïs.
Saladin fut vaincu! Mais un dur esclavage
De quelques malheureux fut le triste partage;
Et l'on nous presentoit, pour changer notre sort,
D'un côté l'Alcoran, et de l'autre la mort.
Plusieurs, par lâcheté, par force ou par foiblesse,
En abjurant la foi, montrèrent leur bassesse;
Et moi, que vous dirai-je? Ah! je me fis un jeu
De suivre cet exemple et de trahir mon Dieu!

LE ROI.

Misérable!

OCTAÏ.

Attendez, ce n'est pas tout encore,
De ce premier forfait mille autres vont éclore.
Mon front jeune et robuste et brillant de santé,
Du chef des mamelucks frappa l'œil enchanté.
Il m'admit dans sa troupe, éleva mon courage,
Et hâta par ses soins les progrès de mon âge.
Je croissois sous ses yeux, et dans plusieurs combats,
Sur les tristes chrétiens, je signalai mon bras.
Je les faisois captifs, et mes mains criminelles
Egorgeoient lâchement ceux qui restoient fidèles.
Je n'excuserai point ces crimes, ces forfaits
Par ma grande jeunesse et ses bouillans excès.
De ma religion la foible connoissance,
L'emportement de l'âge et l'inexpérience,
Etourdissoient sans doute et troubloient ma raison;
Et laissoient de l'erreur circuler le poison.
Mais je dirai du moins: la voix de ma patrie

S'est toujours fait entendre à mon ame attendrie ;
Et lorsque des chrétiens mon bras étoit vainqueur,
Je pleurois mon triomphe et plaignois leur malheur.
Ces divers sentimens renaissent dans mon ame.
Votre présence, Sire, en ranime la flamme.
Je ne veux d'autre Dieu que le Dieu de mon Roi ;
D'autre religion que son culte et sa foi.
Pardonnez mes forfaits et mon apostasie,
L'abandon criminel de ma chère patrie,
Mes persécutions et mes assassinats ;
Et que mon repentir lave mes attentats!

LE ROI.

Ah! mon ami! venez. Un repentir sincère,
Du vrai Dieu que j'adore arrête la colère.
Mes bras vous sont ouverts ; jettez-vous sur mon cœur ;
Et pleurons vous et moi nos maux et votre erreur!

OCTAÏ.

Combien tant de bonté m'attendrit et m'étonne!

LE ROI.

C'est ainsi que mon Dieu nous aime et nous pardonne.
Mais, hélas! Octaï, quels seront vos moyens
Pour assurer vos pas dans la loi des chrétiens?

OCTAÏ.

Le Sultan nous trahit. Il se fait une étude
Et de la perfidie et de l'ingratitude.
Il veut nous dépouiller du fruit de nos travaux,
Des biens les plus sacrés, des emplois les plus beaux.
Mais le temps est venu de braver ses caprices,
De s'affranchir du joug et de ses injustices.
Le dessein est conçu, l'ordre en est arrangé ;
Il sera ce soir même au sérail égorgé.
A sa mort tout le peuple aux transports s'abandonne ;

Il vient briser vos fers, vous offrir la couronne,
Et sans danger pour vous, je vous fais obtenir
Ce que tous vos efforts n'avoient pu conquérir.

LE ROI.

Qu'entends-je? Où vous emporte une aveugle furie?
Est-ce ainsi qu'on s'accuse et qu'on se justifie?
J'avois cru que la foi, qu'un sincère remords
Déchiroient votre cœur et causoient vos transports.
Mais la religion et son culte fidèle
Sont bien loin d'inspirer l'ardeur de tant de zèle.
La soif de la fortune et de l'autorité,
L'amour du rang superbe où vous êtes monté,
L'effroi d'une disgrace et juste et légitime,
Voilà, voilà, cruel, l'objet qui vous anime.
Quoi! tu te dis chrétien, et veux assassiner!
Tu renverses un trône, et veux me couronner!
Tu te dis plein d'honneur; et, par la perfidie,
Tu ravis à ton maître et le sceptre et la vie!
Ah, puisque vous m'avez choisi pour votre Roi,
Je vous ordonne à tous de n'obéir qu'à moi.
Je vous défends sur-tout ces trames criminelles,
Qui, sur un souverain, arment vos mains rebelles.
Si même le pouvoir secondoit mon courroux,
Une étroite prison m'assureroit de vous.
Non, non, l'autorité seroit illégitime.
Je ne veux pas d'un trône acheté par un crime.

OCTAÏ.

Cette austère vertu qui semble m'accabler,
Ces ordres foudroyans ne sauroient m'ébranler.
Vous ne voyez en moi que crime et qu'artifice;
Et vous ne consultez que l'exacte justice.
Mais dans les coups d'état, un principe divers
Amène d'autres lois et régit l'univers.
On a pour guide alors la sagesse infinie.

Qui, voûlant du grand tout conserver l'harmonie,
Permet en divers lieux quelques déchiremens,
A la terre en travail de grands ébranlemens,
Aux volcans d'engloutir des cités tout entières,
Aux mers de s'élancer en brisant leurs barrières,
Et qui, des élémens allumant le courroux,
Oppose l'un à l'autre et les conserve tous.

LE ROI.

Et qui vous a chargé d'exciter les tempêtes?
Pour un œuvre si grand vos mains sont-elles faites?
Dieu s'en est-il remis à vous, foible mortel,
De déranger les lois de son ordre éternel?
Comment avez-vous su qu'il veuille le permettre?
A quel signe éclatant pouvez-vous le connoître?

OCTAÏ.

A l'extrême infortune où vous êtes réduit;
Au bien dont mes projets produiront le doux fruit;
Aux malheurs qu'après soi traine la tyrannie,
A ceux dont l'oppresseur veut charger votre vie.

LE ROI.

Ces malheurs sont pour moi. Je saurai les souffrir.
Le crime les augmente au lieu de les guérir.

OCTAÏ.

Ah! c'en est trop. Eh! bien, sous un joug tyrannique,
Mourez avec l'honneur d'un refus héroïque.
Nous saurons frapper seuls d'inévitables coups;
Et nous triompherons sans vous et malgré vous.

(Il sort.)

LE ROI.

Arrêtez...... Mais il fuit, il court au parricide,
Et n'a dans ses projets que l'intérêt pour guide.

FIN DU TROISIÈME ACTE.

ACTE IV.

SCÈNE PREMIÈRE.

OCTAÏ, CORASMIN.

OCTAÏ.

Louis est intraitable, et dans notre projet
Son austère vertu ne veut voir qu'un forfait.
Notre audace l'irrite, et sa suite l'étonne;
Et son cœur indigné refuse la couronne.
Ce revers imprévu sans doute est malheureux.
Mais un autre le suit plus grand, plus dangereux.
Le secret éventé d'une telle entreprise
Ebranle en sa fierté l'ame la plus rassise,
Et détruit le projet par un contraire effort,
Dont la suite infaillible est la honte et la mort.

CORASMIN.

Vous deviez le prévoir, et, par un coup d'audace,
Prévenir du malheur l'effet et la menace.
Dès l'instant que le Roi, foible et non généreux,
Du trône refusoit l'honneur ambitieux,
Un poignard dans son sein, en arrachant son ame,
De nos desseins cachés auroit coupé la trame,
Sans courir le hasard, sans craindre le danger
D'être déconcertés par un lâche étranger.

OCTAÏ.

Et comment à ses jours ma fortune asservie,
D'un si grand désespoir eût-elle été suivie?

Je l'avois à genoux reconnu pour mon Roi ;
Sa bonté paternelle avoit reçu ma foi ;
Avec une tendresse, un accent plein de charmes,
Sur mes égaremens il répandoit des larmes.
Ciel ! avec quel maintien et quelle majesté,
Quel ton noble et sévère, et quelle autorité,
Il s'opposoit en maître aux transports de ma rage !
Un seul de ses regards eût glacé mon courage.

CORASMIN.

Il en est temps encor, seigneur, ravisons-nous,
Et qu'il périsse seul pour le salut de tous.
Je ne vois en ce Roi qu'un esclave vulgaire,
Un ennemi cruel, un captif ordinaire ;
Nous ne lui devons rien ; et mon esprit confus
Ne peut voir qu'un mépris dans son lâche refus.

OCTAÏ.

Arrête, Corasmin. Par des craintes frivoles
Nous consumons le temps en stériles paroles,
Et le temps nous est cher. Il est d'autres chemins
Pour arriver au but où tendent nos desseins.
La victime au sérail devoit être accablée ;
Eh! bien, que dans le temple elle soit immolée.
Il suffit au succès que le lieu soit changé.
Tout le reste demeure en son ordre rangé.
Du palais seulement éloigne la cohorte,
Et que de la mosquée elle assiège la porte.
On croira que l'éclat menace le palais,
Et tout y montrera l'image de la paix ;
Tandis que dans le temple, où la pompe s'apprête,
Tombera de nos coups l'effroyable tempête.
Va, cours. Au lieu fixé que les postes soient pris,
Et d'un succès brillant je t'assure le prix.

SCÈNE II.

OCTAÏ.

Pourquoi contre Louis former d'injustes plaintes,
Et nourrir mon esprit de soupçons et de craintes?
Mon secret m'appartient. Il ne peut le trahir.
A mon amour pour lui je voulois obéir,
Lorsque mon cœur au sien en a fait confidence,
Et son honneur ne peut tromper ma confiance.
Je n'ai point, il est vrai, d'un ton mystérieux,
Donné sur le silence un ordre impérieux.
Mais qu'importe? L'objet de soi le détermine,
Et l'homme vertueux le sait ou le devine.
Ce seroit faire outrage à la vertu du Roi,
De penser qu'il voulût ignorer cette loi.
J'aperçois le Sultan. Affectons sans rudesse,
D'un cœur fier mais serein, l'inflexible sagesse.

SCÈNE III.

ALMODAN, OCTAÏ, Suite du Sultan.

Almodan.

Oui, je veux ennoblir ma vaste autorité,
Et rendre au Roi le calme avec la liberté.
Qu'on l'amène en ces lieux; non pas avec contrainte;
Mais avec les respects qui dissipent la crainte.
Je veux qu'avec honneur de ma garde entouré,
Il paroisse plus grand et soit plus révéré.
Octaï, commandez et dirigez sa suite,
Et sur sa volonté réglez votre conduite.

(Octaï sort.)

J'aspire à rehausser, par ces marques d'honneur,
L'éclat de mon captif et ma propre grandeur.
Plus j'orne ma victime et la montre brillante,
Plus mon triomphe est noble et ma gloire éclatante.

SCÈNE IV.

ALMODAN, LE ROI, OCTAÏ, Gardes.

ALMODAN.

Viens, superbe ennemi. Bannis auprès de moi
De tes yeux courroucés le reproche et l'effroi.
Si tantôt ébloui de l'éclat de ma gloire
J'ai porté trop avant l'orgueil de la victoire,
Je veux par mes égards te le faire oublier;
Te vaincre en bienfaisance et me justifier.

LE ROI.

Tes honneurs trop tardifs lavent-ils l'infâmie
Dont ton aveugle orgueil a cru flétrir ma vie?
Ta jeunesse a suivi des conseils inhumains
Qui t'ont fait violer les droits des souverains.

ALMODAN.

Je suis jeune? et mes mains par la gloire animées
Ont de tes vieux guerriers confondu les armées;
Et j'ai plus en un jour rassuré mes états
Qu'on ne les a troublés en cent ans de combats.
Mais toi, dans l'âge mûr, toi dont l'expérience
Devoit de l'équité te donner la science,
Comment as-tu franchi l'immensité des mers
Pour venir, sans pudeur, aux yeux de l'univers,
Insulter, attaquer au fond de son asile

Un peuple généreux qui veut être tranquille ?
Cette religion que du fond de ton cœur
Tu cultives, sans cesse, avec tant de ferveur,
T'a-t-elle commandé de désoler la terre
Par les fléaux qu'enfante et que sème la guerre ?
Le meurtre, l'incendie et la férocité,
Est-ce là ce qui plaît à ta divinité ?

LE ROI.

Je n'ai que trop appris que la guerre est cruelle
Et que tous les fléaux se traînent après elle.
Mais l'honneur, la justice ont dirigé mes pas
Quand j'ai porté la guerre au sein de tes états.
Quoi! le sage Bouillon avoit fondé le trône
Et de Jérusalem mérité la couronne ;
Neuf rois ses successeurs, tous nés du sang français,
Avoient régné cent ans sur leurs nouveaux sujets,
Et du Nil jusqu'au Tigre étendant leurs conquêtes
D'un triple diadème avoient orné leurs têtes ;
Malgré Saladin même et ses prospérités,
Brienne s'appuyant sur la foi des traités,
Par les plus saintes loix régloit la Palestine,
Et du trône détruit relevoit la ruine.....
Mais vous, de vos succès follement enivrés,
Malgré la foi promise et les sermens sacrés,
De vainqueurs insolens vous devenez barbares :
Ce n'est que de pitié que vous êtes avares.
Le massacre, le fer, les feux dévastateurs
Sont les plus foibles traits dont s'arment vos fureurs.
Les prisonniers chargés de cruelles entraves
Ainsi qu'un vil troupeau sont vendus comme esclaves ;
Ou devant l'échafaud, reculant pleins d'effroi,
Sont forcés d'abjurer leur patrie et leur foi.
Les enfans sont instruits dans des lois étrangères,
Et l'opprobre et la mort sont le sort de leurs mères.

Ton père même aidé par ces vils assassins,
Melech-Sala se ligue avec les Corasmins,
Féroce nation, de toutes ennemie,
De toutes à son tour mortellement haïe.
Il livre à leurs excès, à leur brutalité
La Palestine entière et la sainte cité.
Alors Jérusalem est en proie au pillage.
On ne voit que le feu, le sang et le ravage,
Des palais renversés, des temples profanés,
Et sept mille chrétiens au glaive abandonnés!
Les hommes, les enfans, les vieillards et les femmes
Egorgés par le fer, étouffés dans les flammes;
Les divers chevaliers succombant sous leur sort,
Et trente seulement échappant à la mort!......
Et tant de cruautés, toutes ces barbaries
Auroient pu dans l'oubli demeurer impunies!
Et je ne devois pas à ma religion
D'arrêter de l'erreur le rapide poison;
Et de vous arracher cette terre féconde
Où Dieu s'est immolé pour le salut du monde?

ALMODAN.

Et qu'importe à l'honneur de ce Dieu que tu sers
D'un lambeau de pays? d'un point dans l'univers?
Faut-il donc en chasser par une injure extrême
L'indigène habitant pour t'y placer toi-même?

LE ROI.

Quoi! la terre où mon Dieu s'est choisi son berceau,
Où ses pas sont empreints, où s'ouvrit son tombeau,
A ses persécuteurs seroit abandonnée,
Et par le sacrilège en tout temps profanée?
Ah! pour vous l'arracher l'Europe arma son bras,
Et pour punir sur vous d'indignes attentats.

ALMODAN.

Sur nous dans sa fureur l'Europe est descendue,
Et l'Europe, en un jour, devant nous s'est fondue.
Ce revers affligeant tu viens de l'éprouver.
Cherche dans tes débris quelque chose à sauver.
Les fers te sont honteux; ma gloire t'importune;
Eh! bien, je veux finir ta cruelle infortune;
Et te rendant le calme et la sécurité,
Aux chevaliers, à toi donner la liberté.
L'or paîra ta rançon. Libre de cette dette,
Pour tous les chevaliers tu me rendras Damiette.

LE ROI.

Que me dis-tu? Sultan! mettre à prix d'or un Roi!
Cette mesure ignoble est indigne de moi.
Damiette est ma rançon; et selon ton envie
Vends-moi des chevaliers la prison et la vie.
Quel qu'il soit, à l'instant j'acquitterai ce prix;
Et Damiette et son port demain seront remis.

ALMODAN.

Tu ne marchandes rien. Ta loyauté me charme;
Et ta noble fierté m'élève et me désarme.
Eh! bien, il ne faut plus que jurer d'accomplir
Ce que nos volontés ont promis de remplir.
Si j'y manque, aux enfers je dévoûrai ma tête.
J'en atteste le nom de notre saint prophète!
Toi, jure sur la croix de la fouler aux piés
Et d'être l'oppresseur des chrétiens effrayés,
Si ton cœur se dément et trahit sa parole.

LE ROI.

Cette imprécation est impie et frivole:
Elle n'ajoute rien à mes vrais sentimens.
Ma parole est sacrée et vaut tous les sermens.

ALMODAN.

ALMODAN.

Crains-tu d'exécuter une sainte promesse?
Le serment l'affermit et n'a rien qui le blesse.

LE ROI.

Un serment inutile est toujours criminel.

ALMODAN.

Ton culte le permet, même au pied de l'autel.

LE ROI.

On n'en prescrit jamais qui tienne du blasphême;
Et celui que tu veux fait injure à Dieu même.

ALMODAN.

Mon indignation ne peut se contenir.
Ah! tu veux tout promettre et ne veux rien tenir!
Rentre donc dans l'horreur du destin qui t'opprime
Et n'accuse que toi d'en être la victime.
Entre nous désormais tout accord est rompu,
Et je sais ce qu'il faut penser de ta vertu.

LE ROI.

Non, tout n'est pas rompu, malgré ta barbarie.
Tu veux ma mort, et moi je veux sauver ta vie.

OCTAÏ.
(A part.)

Ciel! que va-t-il lui dire?

ALMODAN.

Où tendent ces discours?

LE ROI.
(A part.)

Grand Dieu! lorsqu'un barbare attente sur nos jours,
Est-ce donc le devoir de sa triste victime

De veiller sur les siens et d'être magnanime ?
(Haut.)
Sultan, ma liberté, mes jours sont en ta main.
Tu peux en disposer en maître souverain,
Quoique pourtant ma vie à Dieu seul appartienne ;
Tranche-la, tu le peux ; mais prends garde à la tienne.

ALMODAN.

Achève.

LE ROI.

On te trahit ; on a juré ta mort.
Demain, ce soir peut-être est le terme à ton sort.
Au milieu du sérail, sur les marches du trône,
On te doit arracher la vie et la couronne.

ALMODAN.

Quoi ! dans ce jour de fête ! en mon propre palais

LE ROI.

Les plaisirs trop bruyans entraînent les excès.
Le désordre survient, et le bruit favorise
Les criminels auteurs d'une telle entreprise.

ALMODAN.

Qui te l'a révélé ? Comment dans ta prison
As-tu saisi le fil de cette trahison ?

LE ROI.

Tu pâlirois d'effroi, si rompant le silence,
Je faisois du complot l'entière confidence.

ALMODAN.

Parle.

LE ROI.

Je dois me taire. Il suffit d'avertir,
Pour qu'un homme puissant sache se garantir.

ALMODAN.

Octaï m'a tantôt exalté ta sagesse.

A ta garde commis il t'approche sans cesse.
Octaï, répondez. Du Roi qu'avez-vous su ?
Et de ce vil complot qu'avez-vous aperçu ?

OCTAÏ.

Seigneur, sur le projet je ne puis rien vous dire.
Mais j'ai cru, sur le Roi, qu'il falloit vous instruire ;
Et j'ai mis tous mes soins à vous représenter
Que par son malheur même il se fait respecter.
Oui, son air, sa douceur, un séduisant langage
De tout ce qui l'approche attire à lui l'hommage.
Vous le savez, Seigneur. Mais sur ce qu'il vous dit
Mon esprit se fatigue et demeure interdit.

ALMODAN.

Le Roi dans sa prison aura pu le comprendre ;
Et vous, libre et chargé de tout voir, tout entendre,
Vous n'avez pu saisir un seul mot indiscret,
Qui fît naître un soupçon, qui trahît un secret ?
(Au Roi.)
Poursuivons......... Du complot ma garde est-elle instruite ?

LE ROI.

Je l'ignore.

ALMODAN.

Quel chef en a pris la conduite ?

LE ROI.

Que t'importe le chef ? Quand plusieurs sur tes pas
Armés par la fureur..........

ALMODAN.

O ! Ciel !

OCTAÏ.

(Bas au Roi.)
N'achevez pas.

ALMODAN.

Mais de cet attentat quels seroient les complices ?

LE ROI.

Regarde autour de toi pour trouver des indices;
Non pas tant les jaloux ni tes grands ennemis,
Mais les ambitieux et même tes amis.

ALMODAN.

Un si vague discours ne s'applique à personne.
Parle, ou tu rends suspect tout ce qui m'environne.

LE ROI.

Je t'en ai dit assez. Le reste est en oubli,
Et dans mon cœur muet demeure enseveli.

SCÈNE V.

ALMODAN, OCTAÏ, CORASMIN, GARDES.

ALMODAN.

C'en est trop ou trop peu. Ma méfiance augmente
Et dans mon sang ému ma colère fermente.
Corasmin, conduisez ce Roi mystérieux
Dans le fond d'un cachot sombre et silencieux.

(Corasmin sort.)

Je sais l'art d'arracher un secret de son ame,
Et de trouver le nœud de cette indigne trame.
Octaï, demeurez. Que pensez-vous du Roi?
Voudroit-il me remplir de soupçons et d'effroi,
Pour détourner de lui l'effet de ma vengeance?
Ou doit-il obtenir toute ma confiance?

OCTAÏ.

Seigneur, comment répondre à ce juste soupçon?
Un danger imminent peut troubler la raison;
Peut faire supposer un crime épouvantable.......
Mais le Roi dans le calme en seroit incapable.

ALMODAN.

Et quel est dans ma cour le mortel indiscret
Qui prend à ses malheurs le plus vif intérêt ?

OCTAÏ.

Tous les grands ; les émirs, Gemaledin lui-même,
Ont rendu leur hommage à sa vertu suprême.

ALMODAN.

Vous en oubliez un.

OCTAÏ.

Qui donc, Seigneur ?

ALMODAN.

Vous.

OCTAÏ.

Moi ?

Il est vrai, j'ai porté vos volontés au Roi.

ALMODAN.

J'entends.... Eh ! bien, en lui je ne puis voir qu'un traître.
Il l'est en me cachant ce que je dois connoître ;
Il l'est bien plus encor, si par sa lâcheté
Il suppose un complot par lui seul inventé.
Allez dans sa prison, et qu'en votre présence
Un bras fidèle et sûr l'immole à ma vengeance.
Remplissez, dès ce jour, cet ordre souverain,
Et ne vous présentez que sa tête à la main.
Indocile ou fidèle à remplir ma justice,
Vous pourrez me fixer sur quelque grand complice.
(Aux gardes.)
Vous, qu'on double la garde aux portes du palais ;
Et que vos yeux perçans dévoilent ces projets.
Dans les murs, hors des murs promenez les alarmes,
Et faites retentir le son bruyant des armes ;
Il atteindra le crime et le fera pâlir :
Le traitre dans sa fange ira s'ensevelir.
Et moi, que la terreur me suive et m'environne,
Et qu'elle soit le Dieu qui protège mon trône !

SCNE VI.

OCTAÏ, CORASMIN.

OCTAÏ.

Nous sommes découverts. Le Sultan, dans mes yeux,
A cherché du complot l'auteur mystérieux.
Excite les soldats, envenime leur rage ;
Il n'est plus de salut que dans notre courage.
Réduit par un barbare au rôle d'assassin,
Je cours m'en acquitter en lui perçant le sein.

FIN DU QUATRIÈME ACTE.

ACTE V.

SCÈNE PREMIÈRE.

(Le Théâtre représente une prison.)

LE ROI.

Ainsi, par la terreur, le Sultan aveuglé,
Du poids de son courroux m'a sans honte accablé!
Le complot l'épouvante, et toute réticence,
Méritoit, disoit-il, l'excès de sa vengeance.
Non, non, nommer l'auteur sans un besoin réel,
Est un zèle à mes yeux et lâche et criminel;
Et mon cœur, Octaï, n'a pas l'ingratitude
De faire sur le tien une attaque si rude.
Mon Dieu! tous les malheurs s'entassent sur mes jours;
Jette les yeux sur moi. Je suis seul, sans secours;
Ma vie est menacée et dépend d'un caprice;
Mais j'espère en ta grâce, en craignant ta justice.
O! ma chère compagne! en quel asile es-tu?
Le Ciel protège-t-il ta vie et ta vertu?
Ah! tel est mon malheur que l'époux qui t'adore
Désire que de lui tu t'éloignes encore!
Et toi, qu'incessamment je porte dans mon cœur,
Dans ma longue infortune objet consolateur,
O! France! aimable France! O! ma chère patrie!
A qui j'ai consacré mes destins et ma vie!
Je voulois, sur tes mœurs rétablissant les lois,

Cimenter ton bonheur par la main de tes Rois ;
Et pour te rendre heureuse ensemble et respectable,
Dresser un monument à jamais mémorable.......
Je ne renonce pas à ce vaste projet.
Tu pourras, quelque jour, en éprouver l'effet ;
Et recueillir le fruit et la gloire infinie
Des établissemens formes par mon génie.
Mais des voix que j'entends qui produit les éclats ?
Les verroux ébranlés roulent avec fracas.
Que vient-on m'annoncer dans ma triste demeure ?
Est-ce un soulagement, ou bien ma dernière heure ?

SCÈNE II.

LE ROI, OCTAÏ, un Musulman le cimeterre à la main, plusieurs Soldats armés.

LE ROI.

Venez-vous terminer les rigueurs de mon sort ?
Ces glaives, ces soldats m'apportent-ils la mort ?

OCTAÏ.

Oui.

LE ROI.

Quoi ! vous, Octaï, vous marchez à leur tête ?

OCTAÏ.

J'obéis au Sultan.

LE ROI.

Et rien ne vous arrête ?

OCTAÏ.

Ses ordres absolus demandent votre sang.

LE ROI.

Et vous êtes chargé d'en épuiser mon flanc ?
A cet indigne emploi puis-je vous reconnoitre ?

OCTAÏ.

Un autre mieux que moi l'auroit rempli peut-être.

LE ROI.

Je vois de près la mort, et ne crains point ses coups ;
Mais elle est plus amère en la tenant de vous.

OCTAÏ.

J'ai voulu vous sauver et vous combler de gloire.

LE ROI.

J'ai dû vous refuser.

OCTAÏ.

Vous auriez dû me croire.

LE ROI.

Ainsi, vous devenez, en changeant d'attentat,
Infame régicide et perfide apostat ?

OCTAÏ.

Je crains peu d'encourir la honte de ces crimes.
(Au Musulman.)
Vous, remplissez soudain des ordres légitimes ;
(Aux Soldats.)
Et nous, allons au Temple accomplir des desseins
Qui doivent terminer ou changer nos destins.

SCÈNE III.

LE ROI, LE MUSULMAN.

LE ROI.

De mes jours avilis la trame infortunée,
Au glaive d'un barbare étoit donc destinée !

Ministre de la mort, serois-tu sans effroi ?
Tremble ; tu vas frapper le front sacré du Roi.

LE MUSULMAN.

(Il pose le cimeterre et se prosterne devant le Roi.)

J'embrasse vos genoux que j'arrose de larmes.
Ce billet précieux va calmer vos alarmes.

(Il lui remet une lettre.)

LE ROI.

Quel spectacle! quel trouble en mes sens effrayés!
Mon assassin tremblant tombe et pleure à mes piés!
Je reconnois la main et le sceau de la Reine.
A mon saisissement je puis suffire à peine.
Lisons : « Dieu m'a sauvée, et son puissant secours
» Dans Damiette conserve et protège mes jours.
» Mon fils auprès de moi partage ma misère.
» Puisse-t-il se montrer digne en tout de son père,
» Vous consoler un jour de vos chagrins affreux,
» Comme moi vous aimer, plus que vous être heureux!
» MARGUERITE. »
Puissances des enfers! monarques de la terre!
A mon bonheur en vain vous déclarez la guerre.
Vos foudres, vos prisons, vos fers sont impuissans
Pour troubler le plaisir qui remplit tous mes sens!
Je n'ai donc plus à craindre, et la Reine est sauvée!
D'un mortel déshonneur le Ciel l'a préservée!
Reçois, Dieu de bonté, pour tes soins paternels,
Et ma reconnoissance et mes vœux immortels!
(Au Musulman.)
Mais vous, à mes dangers, comment pouvez-vous prendre,
Avec tant d'énergie, un intérêt si tendre ?

LE MUSULMAN.

Tout n'est pas en ces lieux révolté contre vous ;
Et vos maux, vos tourmens sont des malheurs pour nous.

LE ROI.

Quel son de voix m'étonne en frappant mon oreille ?
Un trouble involontaire en tous mes sens s'éveille,
Non, ce n'est pas l'accent, le langage inhumain
D'un cruel mameluck, ni d'un lâche assassin.

LE MUSULMAN.

Mon cœur tendre et soumis, qui vous aime et révère,
D'un féroce ennemi n'a pas le caractère.
Envisagez mes traits, et cherchez si mon nom......

LE ROI.

Que vois-je ? Quoi ! c'est vous? c'est vous, jeune Bourbon!
Mais hélas ! en quel temps, en quel état horrible
A mon triste destin vous montrez-vous sensible ?
Le turban sur le front ! Cet étrange ornement
Décèle-t-il un traître au saint engagement.......

BOURBON.

A ma religion devenir infidèle !
Non! je veux en chrétien vivre et mourir pour elle !
Me punisse le Ciel, dans toute sa rigueur,
Si je trahis sa cause ou les lois de l'honneur !

LE ROI.

Ah ! je respire enfin, et je me sens renaître.
A cette sainte ardeur j'aime à vous reconnoître !
O ! Bourbon, mon soutien dans mes affreux revers !
Consolateur du Roi dans l'opprobre des fers !
Embrassez un ami qui vous chérit sans cesse ;
Et, pressé sur mon sein, épuisez ma tendresse.

BOURBON.

Ah ! Sire, dans vos bras que je puisse à mon tour,
Par mes embrassemens, signaler mon amour !

LE ROI.

Combien de maux soufferts pour adoucir mes peines!
Que de périls bravés pour alléger mes chaînes!
Eh! comment êtes-vous parvenu jusqu'à moi?

BOURBON.

Sire, on doit tout braver pour secourir son Roi.
Votre captivité bouleversoit mon ame.
Je ne puis résister au désir qui m'enflamme.
Je veux de vos chagrins interrompre le cours,
Et mon zèle pour vous compte pour rien mes jours.
De mon projet hardi la Reine est seule instruite.
Le silence et la nuit favorisent ma fuite,
Et j'arrive bientôt aux pieds de ces remparts.
J'espérois, je l'avoue, en d'utiles hasards,
Que, tombant dans les mains de quelque troupe avare,
L'or pourroit adoucir l'être le plus barbare,
Et qu'en me supposant frère ou parent du Roi,
Je pourrois jusqu'à vous parvenir sans effroi.
Le Ciel m'a secondé. L'on m'arrête, on me mène
Devant l'habile chef de la troupe inhumaine.
J'ignore ce qui peut avoir touché son cœur.
Mais il m'a regardé d'un œil plein de douceur,
Et me serrant la main : « Prends cet habit, ces armes;
» Et de ton Roi, du mien, viens calmer les alarmes. »
Il dit; m'instruit à feindre un emploi furieux;
Et lorsqu'avec vous seul, et loin de tous les yeux,
Au lieu de vous donner la mort la plus cruelle,
Je vous consolerai par l'ardeur de mon zèle,
Il doit, suivi des siens et guidé par l'honneur,
Faire éclater au loin sa gloire et sa valeur.

LE ROI.

Quel mélange étonnant d'espérance et de crainte!
Combien de traits divers dont mon ame est atteinte!

Je vois en même temps le glaive de la mort
Suspendu sur mon front pour terminer mon sort ;
Un barbare à mes pieds mettant une couronne,
Vouloir briser mes fers et m'asseoir sur un trône ;
Et replongé soudain dans ce séjour d'horreur,
Je roule entre l'espoir, la joie et la terreur.
Jusques à quand, grand Dieu! ta rigueur que j'adore,
Veut-elle me punir ou m'éprouver encore?
Mais un bruit effrayant ébranle mes esprits.
J'entends des combattans les armes et les cris.
On court à ma prison, on s'avance, on se presse,
Et la mort en fureur me menace sans cesse.

BOURBON.
(Il reprend ses armes.)

Voici donc le moment où j'ai su recourir,
De défendre mon Roi, de vaincre ou de mourir?
Mais que vois-je? Le Ciel, en merveilles fertile,
Avec tous ces chrétiens, nous ramène Joinville.

SCÈNE IV.

LE ROI, JOINVILLE, BOURBON, PLUSIEURS CHEVALIERS ET SOLDATS FRANÇAIS.

LE ROI.

Joinville, est-ce bien vous? Quelle faveur des cieux
Ouvre votre prison et vous rend à nos vœux?

JOINVILLE.

Sire, voici l'instant des plus vives alarmes ;
Et votre liberté dépend encor des armes.
Le terrible Octaï, suivi de tous les siens,
Vient de rompre nos fers et tous ceux des chrétiens ;

Et soudain dans le temple, où les chants de la gloire
Célébroient du croissant l'étonnante victoire,
Il provoque Almodan, le poursuit à grands cris;
Et de ses mamelucks excite les esprits.
La garde du soudan, corrompue ou séduite,
Repousse foiblement cette attaque subite.
Le seul Gemaledin résiste avec valeur;
Mais il tombe bientôt frappé du fer vainqueur;
Et le Sultan rempli d'un généreux courage,
Oppose le sang-froid aux transports de la rage;
Sort prudemment du temple, entraînant sur ses pas
Un corps déterminé de fidèles soldats;
Repousse d'Octaï la troupe frémissante,
Sème de tous côtés le trouble et l'épouvante;
Et je crains que, vainqueur, il ne vienne sur vous
Assouvir à la fois sa haine et son courroux.

LE ROI.

Que ne puis-je à mon tour, contre un sujet rebelle,
Me joindre en ce moment à la troupe fidèle!
Je saurois soutenir les droits des souverains,
Et d'un séditieux confondre les desseins.
Le voici. Juste Ciel! Je frémis à sa vue.

SCÈNE V.

LE ROI, JOINVILLE, BOURBON, OCTAÏ, CHEVALIERS ET SOLDATS FRANÇAIS, TROUPE DE MAMELUCKS.

OCTAÏ.

Sire, rendez le calme à votre ame éperdue.
Votre ennemi n'est plus. Mon bras désespéré
A puni le tyran de mon sang altéré.
Il a, quelques instans, retardé ma poursuite;

Mais, pressé de plus près, le lâche a pris la fuite,
Et tremblant, éperdu, s'est caché dans la tour.
Alors, pour arrêter sa fureur sans retour,
Mes mains aux feux vengeurs ont livré son asile;
Et lui, cherchant encor un refuge inutile,
Au travers de la flamme il s'est précipité,
Et du haut de la tour dans le Nil s'est jetté.
C'est là que je l'ai pris. Mon implacable rage
L'a puni, l'a traîné mourant sur le rivage.
Sire, quel est le prix à mon espoir permis,
Pour la mort du plus grand de tous vos ennemis?

(Le Roi garde le silence.)

OCTAÏ
(continue.)

Homme étonnant! mon bras a tout fait pour vous plaire:
D'un féroce assassin j'ai trompé la colère;
Sur la Reine j'ai su consoler votre cœur;
Le Sultan égorgé comble votre bonheur;
Vous et tous les Français vous sortez d'esclavage.......
Pour mériter de vous en faut-il davantage?

(Le Roi garde encore le silence)

OCTAÏ
(continue.)

Mais je vois qu'insensible à de si grands bienfaits,
Vous voulez en ingrat jouir de mes succès.
Cependant mon pouvoir s'est assez fait connoître;
Je puis ici parler et commander en maître:
Faites-moi chevalier.

(Il lève son sabre sur le Roi.)

LE ROI.

Achevez donc par moi,
Pour combler la mesure égorgez votre Roi.
Vous vous serez noirci d'un double régicide,
Et jamais il ne fut d'excuse au parricide.

OCTAÏ.

Ah! je vois mes forfaits, et ce fer dans mon flanc......

LE ROI.

C'est un crime de plus de verser votre sang!
Arrêtez, malheureux: et du Dieu de clémence,
Par un vrai repentir, désarmez la vengeance.
Et nous, le prenant seul pour guide et pour appui,
Adorons sa justice et n'espérons qu'en lui.

FIN.

www.ingramcontent.com/pod-product-compliance
Ingram Content Group UK Ltd.
Pitfield, Milton Keynes, MK11 3LW, UK
UKHW020328220726
13923UKWH00003B/1438

9 782014 461640